El jardín del abuelo

LANE SMITH

OCEANO Travesía

El jardín del abuelo

Título original: *Grandpa Green*

Edición: Daniel Goldin
Traducción: Paulina de Aguinaco Martín

Publicado según acuerdo con Roaring Brook Press, una división de Holtzbrinck Publishing Holdings Limited Partnership,
a través de Sandra Bruna Agencia Literaria, S.L.

D.R. © Editorial Océano, S.L.
Milanesat 21-23, Edificio Océano, 08017 Barcelona, España
www.oceano.com

D.R. © Editorial Océano de México, S.A. de C.V.
Blvd. Manuel Ávila Camacho 76, piso 10, 11000 México, D.F., México
www.oceano.mx
www.oceanotravesia.mx

Primera edición: 2012
Segunda reimpresión: 2014

ISBN: 978-84-494-4570-5 (Océano España)
ISBN: 978-607-400-650-6 (Océano México)

Depósito legal: B-14543-LV

IMPRESO EN ESPAÑA/*PRINTED IN SPAIN*

9003325031114

Nació hace muchos, muchos años,

antes de que existieran las computadoras,
los teléfonos celulares o la televisión.

Creció en una granja, con cerdos,
zanahorias y granos de maíz,

y huevos.

En el cuarto grado
le dio varicela. *

* Los granos no eran de maíz.

Tuvo que guardar reposo en casa,
y leyó historias sobre jardines secretos
y hechiceros y locomotoras.
Tal vez así avivó su imaginación.

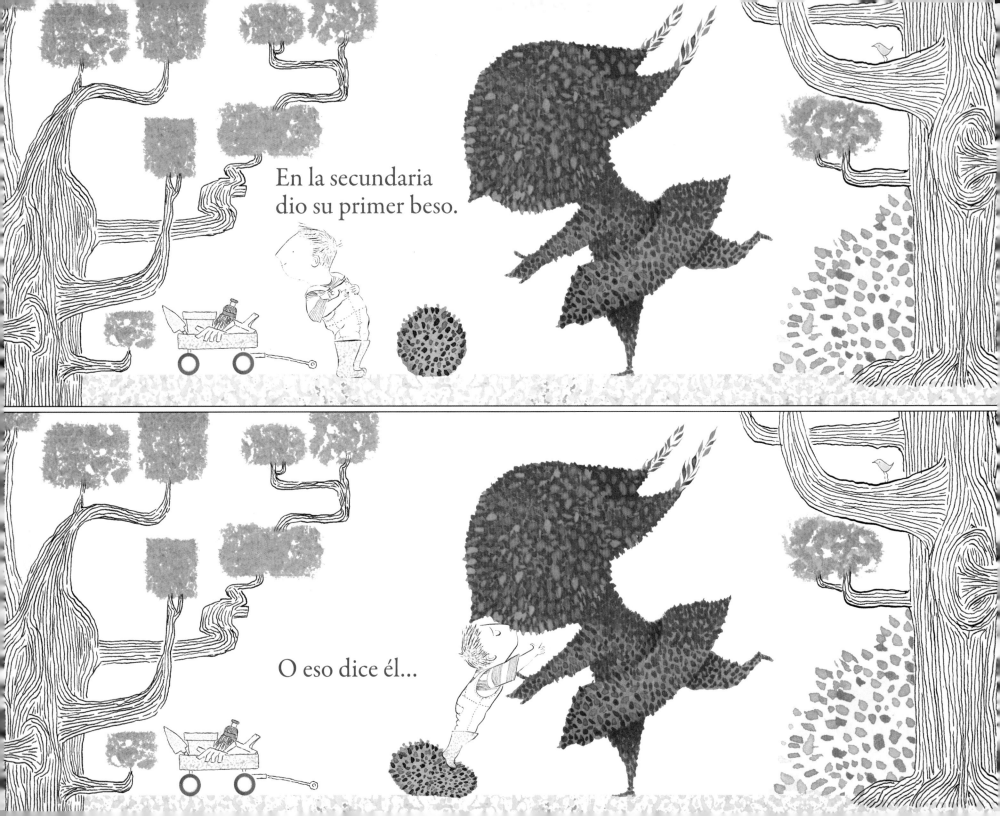

En la secundaria
dio su primer beso.

O eso dice él...

Quería estudiar horticultura al terminar la escuela,

pero tuvo que combatir en una guerra mundial.

Conoció a su futura
esposa en un
pequeño café.

Se casaron al terminar la guerra.

Vivieron felices durante
muchos años, y nunca riñeron.

O eso dice él...

Tuvieron muchos hijos, muchos más nietos, y un bisnieto, yo.

Él solía recordarlo todo.

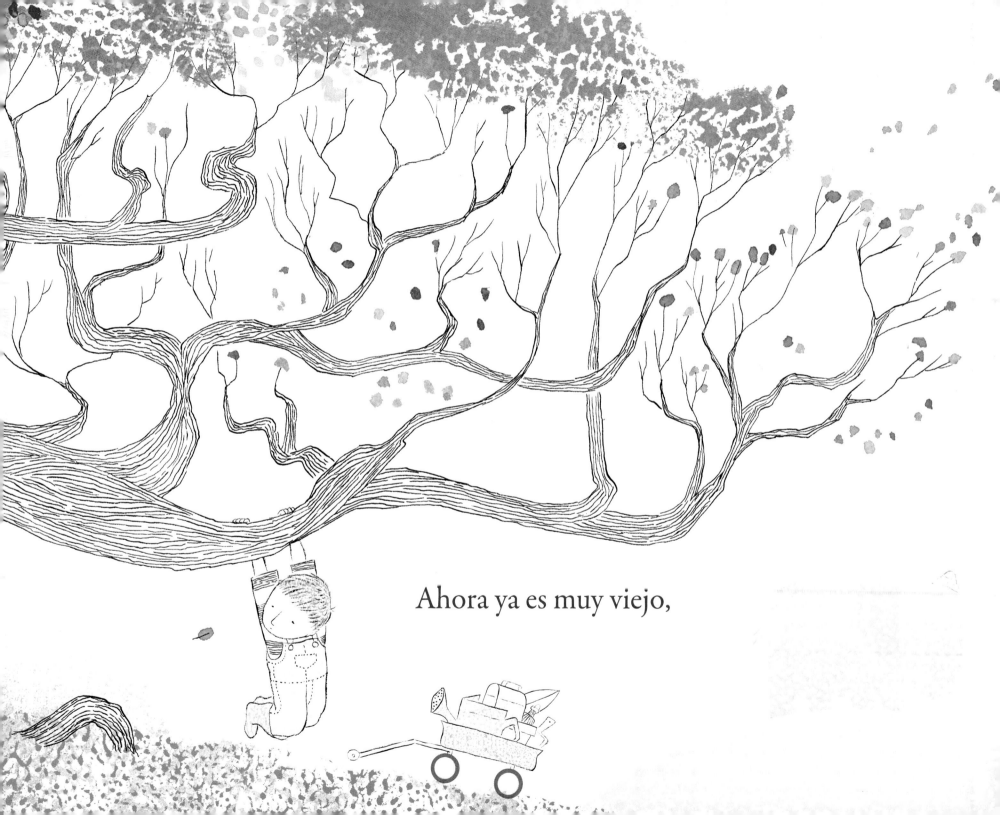

Ahora ya es muy viejo,

y a veces olvida algunas cosas,

como su sombrero de paja favorito.

Pero las cosas importantes

las recuerda el jardín.

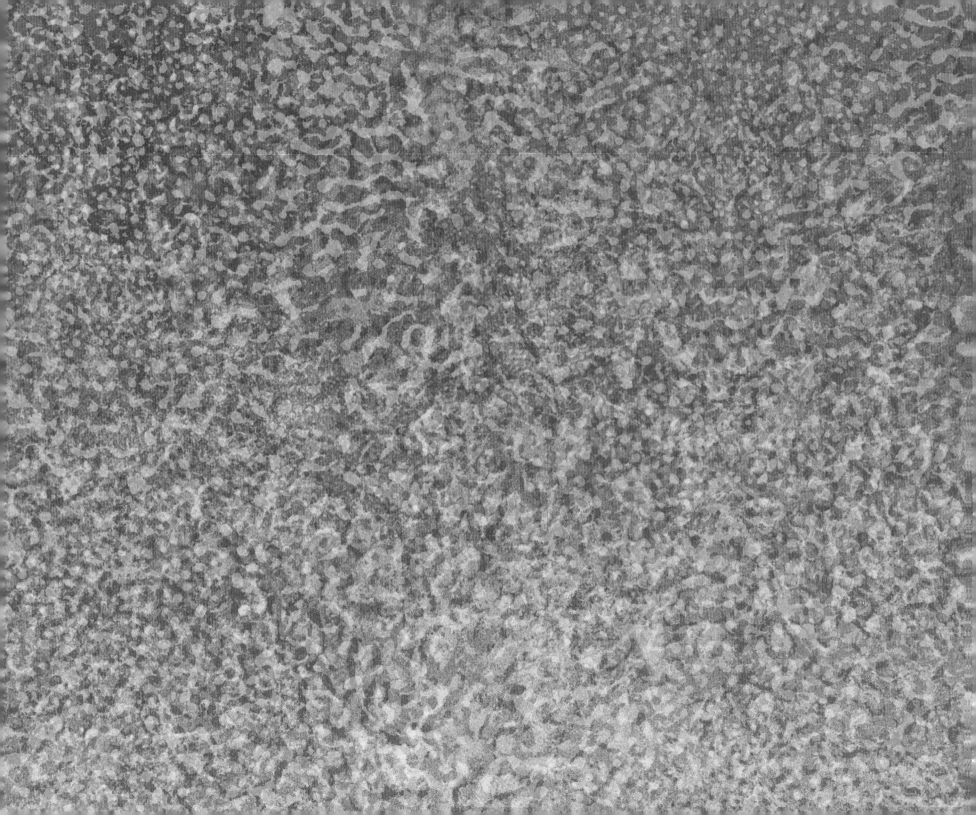